AF592564

HECTOR
LE FANFARON

(Imprimé en couleurs)

TEXTE

PAR P. J. STAHL

8 gravures imprimées en couleurs

Chromotypographie de G. Silbermann

BIBLIOTHÈQUE
DU MAGASIN D'ÉDUCATION ET DE RÉCRÉATION
J. HETZEL, 18, RUE JACOB
PARIS

1869

STRASBOURG, TYPOGRAPHIE DE G. SILBERMANN

LE RÉCIT DU PETIT FANFARON

Hector raconte ses grandes actions. « Ce matin, dit-il, je m'étais levé avant tout le monde. J'avais décidé de grimper à pic jusqu'au sommet de la montagne, pour m'assurer de ce qui s'y passe. Au bout d'une heure de marche, j'y touchais, quand tout à coup, après avoir franchi le dernier roc qui m'en séparait... j'aperçois...

LES MONSTRES — LE COMBAT

...Je vois devant moi une armée de monstres terribles qui me barrait le chemin. Chacun de mes ennemis avait des cornes de plus de dix pieds de haut, aiguës comme des lances. Un autre aurait reculé; moi je vais droit au danger, et m'attaquant au chef de la bande qui dépassait de beaucoup les autres en hauteur, d'une main je lui enlève une corne et de l'autre je lui arrache la barbe dont il était si fier. En même temps, d'un coup de pied bien appliqué, je jette à vingt pas de là un des combattants qui était accouru pour défendre son chef.

LA VICTOIRE!

Quand la troupe tout entière eut vu son général terrassé et cinq ou six de ses plus braves soldats hors de combat, ce fut un sauve-qui-peut subit. En un clin d'œil le plateau avait été nettoyé, et je me promenais sur le champ de bataille, tenant à la main comme trophée de ma victoire la corne du chef ennemi et sa barbe!!

LA VÉRITÉ

La fée Vérité est une belle petite fée que les enfants oublient quelquefois, quoiqu'elle plane toujours au-dessus d'eux. Elle avait entendu le récit du fanfaron. D'un coup d'aile elle vola jusqu'au plateau, et s'adressant au chef de la fameuse troupe d'animaux féroces dont Hector venait de célébrer la défaite, elle lui fit manger d'une certaine herbe qui donne aux bêtes la faculté de comprendre et de parler. L'ayant alors mis au courant des fanfaronnades de Monsieur Hector : « Va, lui dit-elle, rétablis la vérité, et, s'il le faut, corrige le petit sot de la manie qu'il a de se vanter de ce qu'il n'a ni fait ni pu faire. »

RÉCIT DU BOUC

Monsieur Hector triomphait encore, entouré de ses amis abasourdis par le récit de sa vaillance, quand la vue de monsieur le Bouc, apparaissant soudain au milieu d'eux, arrêta net ses beaux discours. Mais son étonnement devient de l'effroi, lorsque, prenant la parole et regardant le fanfaron dans le blanc des yeux, le Bouc dit d'une voix terrible : « Monsieur Hector est un petit drôle ! Monsieur Hector est un impudent menteur. »

VOICI LA VÉRITÉ

« Voici la vérité. Je paisais là-haut avec mes chevreaux, quant ce méchant enfant s'approcha de moi le sourire sur les lèvres. J'aime les enfants, je le laissai faire. Je permis même qu'il passât ses doigts dans ma barbe. Mais, enhardi par ma bonté, savez-vous ce qu'il fit? Il me tira violemment la barbe. Au lieu d'une caresse amicale, c'était une injure. Justement irrité, je me dressai sur mes pieds de derrière pour lui donner la correction qu'il méritait, mais le poltron prit la fuite et m'épargna la peine de le châtier. »

LA PUNITION

« Monsieur Hector a dit qu'il m'avait arraché une corne. J'ai un moyen bien simple de lui prouver qu'il n'en est rien et que mes deux cornes sont en bon état, c'est de lui administrer le châtiment auquel il a droit. » Au mot de châtiment, Monsieur Hector s'était retourné vivement pour mettre du champ entre lui et son adversaire indigné, mais le général en chef de l'armée des boucs n'était pas de ceux qu'on surprend deux fois. Rapide comme la pensée, il s'était jeté sur Hector, et en un instant le vainqueur de tout à l'heure était étendu de tout son long, face contre terre, au milieu de la prairie.

LE BOUC EST TROP BON

Le bon bouc ne voulait pas la mort du pécheur. Une fois l'honneur satisfait, comme le soldat généreux qui relève l'ennemi blessé : « Monte sur mon dos, dit-il au vaincu, je vais te reporter jusqu'à la maison de ton père. Une bonne nuit te remettra ; mais que le service que je veux bien te rendre ne te fasse pas oublier la leçon que tu m'as contraint de te donner. » A mon avis, Monsieur Hector ne méritait pas tant d'indulgence.

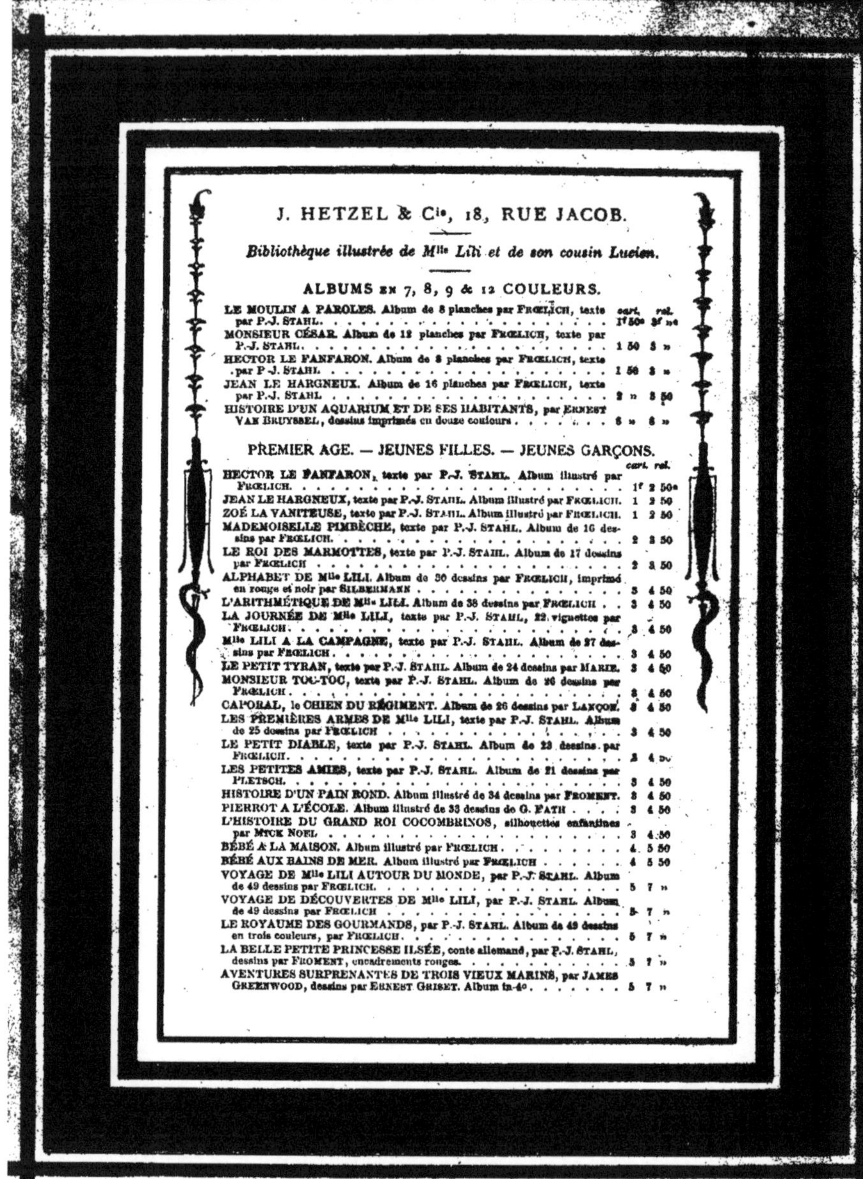

J. HETZEL & Cie, 18, RUE JACOB.

Bibliothèque illustrée de Mlle Lili et de son cousin Lucien.

ALBUMS EN 7, 8, 9 & 12 COULEURS.

	cart.	rel.
LE MOULIN A PAROLES. Album de 8 planches par FRŒLICH, texte par P.-J. STAHL	1f 50c	3f »
MONSIEUR CÉSAR. Album de 12 planches par FRŒLICH, texte par P.-J. STAHL	1 50	3 »
HECTOR LE FANFARON. Album de 8 planches par FRŒLICH, texte par P.-J. STAHL	1 50	3 »
JEAN LE HARGNEUX. Album de 16 planches par FRŒLICH, texte par P.-J. STAHL	2 »	3 50
HISTOIRE D'UN AQUARIUM ET DE SES HABITANTS, par ERNEST VAN BRUYSSEL, dessins imprimés en douze couleurs	6 »	8 »

PREMIER AGE. — JEUNES FILLES. — JEUNES GARÇONS.

	cart.	rel.
HECTOR LE FANFARON, texte par P.-J. STAHL. Album illustré par FRŒLICH	1f	2 50c
JEAN LE HARGNEUX, texte par P.-J. STAHL. Album illustré par FRŒLICH	1	2 50
ZOÉ LA VANITEUSE, texte par P.-J. STAHL. Album illustré par FRŒLICH	1	2 50
MADEMOISELLE PIMBÈCHE, texte par P.-J. STAHL. Album de 16 dessins par FRŒLICH	2	3 50
LE ROI DES MARMOTTES, texte par P.-J. STAHL. Album de 17 dessins par FRŒLICH	2	3 50
ALPHABET DE Mlle LILI. Album de 30 dessins par FRŒLICH, imprimé en rouge et noir par SILBERMANN	3	4 50
L'ARITHMÉTIQUE DE Mlle LILI. Album de 38 dessins par FRŒLICH	3	4 50
LA JOURNÉE DE Mlle LILI, texte par P.-J. STAHL, 22 vignettes par FRŒLICH	3	4 50
Mlle LILI A LA CAMPAGNE, texte par P.-J. STAHL. Album de 27 dessins par FRŒLICH	3	4 50
LE PETIT TYRAN, texte par P.-J. STAHL. Album de 24 dessins par MARIE	3	4 50
MONSIEUR TOC-TOC, texte par P.-J. STAHL. Album de 26 dessins par FRŒLICH	3	4 50
CAPORAL, le CHIEN DU RÉGIMENT. Album de 26 dessins par LANÇON	3	4 50
LES PREMIÈRES ARMES DE Mlle LILI, texte par P.-J. STAHL. Album de 25 dessins par FRŒLICH	3	4 50
LE PETIT DIABLE, texte par P.-J. STAHL. Album de 23 dessins par FRŒLICH	3	4 50
LES PETITES AMIES, texte par P.-J. STAHL. Album de 21 dessins par PLETSCH	3	4 50
HISTOIRE D'UN PAIN ROND. Album illustré de 34 dessins par FROMENT	3	4 50
PIERROT A L'ÉCOLE. Album illustré de 33 dessins de G. FATH	3	4 50
L'HISTOIRE DU GRAND ROI COCOMBRINOS, silhouettes enfantines par MICK NOEL	3	4 50
BÉBÉ A LA MAISON. Album illustré par FRŒLICH	4	5 50
BÉBÉ AUX BAINS DE MER. Album illustré par FRŒLICH	4	5 50
VOYAGE DE Mlle LILI AUTOUR DU MONDE, par P.-J. STAHL. Album de 49 dessins par FRŒLICH	5	7 »
VOYAGE DE DÉCOUVERTES DE Mlle LILI, par P.-J. STAHL. Album de 49 dessins par FRŒLICH	5	7 »
LE ROYAUME DES GOURMANDS, par P.-J. STAHL. Album de 49 dessins en trois couleurs, par FRŒLICH	5	7 »
LA BELLE PETITE PRINCESSE ILSÉE, conte allemand, par P.-J. STAHL, dessins par FROMENT, encadrements rouges	5	7 »
AVENTURES SURPRENANTES DE TROIS VIEUX MARINS, par JAMES GREENWOOD, dessins par ERNEST GRISET. Album in-4o	5	7 »

STRASBOURG, TYPOGRAPHIE DE G. SILBERMANN.

www.ingramcontent.com/pod-product-compliance
Ingram Content Group UK Ltd.
Pitfield, Milton Keynes, MK11 3LW, UK
UKHW020540180726
13839UKWH00006B/2628